U0587388

中国好诗

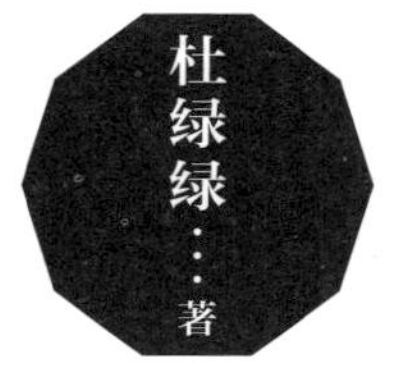

我们来谈谈合适的火苗

中国青年出版社

杜绿绿

杜绿绿　出生于安徽合肥。著有诗集《近似》(2006)、《冒险岛》(2013)、《她没遇见棕色的马》(2014)。曾获珠江国际诗歌节青年诗人奖、《十月》诗歌奖。现居广州。

仿佛来自另一个尘世

霍俊明

“你的声音仿佛来自另一个尘世。”这是我近期以来阅读杜绿绿诗歌强烈的感受。或者如诗人自己所说“恰如今日的彼岸”。甚至这个声音一直在身畔内心萦绕——它切近而遥远，真实而虚幻，来自现世又通向了另一个为未可知的尘世——“你认出我的面目了吗？／我自然说不清你的样子，／你的声音／‘仿佛是来自另一个尘世’。”（《我们谈话吧》）。

杜绿绿的诗歌写作时间并不算长，到现在也就是十年光景，而且期间还有过数次中断。杜绿绿算是女性写作中安静的一脉。这种写作最大的优势是能尽最大可能地面向诗人自我和个体精神生活。实际上这对于诗歌尤其是女性诗歌而言已经足够了，因为对于吊诡的当代女性诗歌写作而言，曾一度担当了更多的社会学、身体学、精神症候和文化学的意义，而恰恰是丧失了女性诗歌美学自身的建构。

那是十年前的一个雨夜，山中。一个二十多岁的姑娘正和一群人在山中赶路，在雨中搭建帐篷。也许就是从这个湿漉漉的时刻开始，杜绿绿的诗歌曾一度在自己设置的精神性的小镇、山地、树林、路上、岸边、湖水、暴雨中不断湿漉漉地折返。这些日常而又迷蒙的地形构成了杜绿绿的精神性空间，而围绕四周的往往是沉沉的暗夜。就如她早期诗歌中不断出现的“小镇”一样，这既是日常的又是陌生的。生活本身是这样的——“我哪里都没有去 ／我只是不分昼夜地躺在这张暗红色的大床上”；而梦想却是这样的——“晨光照在我的骑手服上。／我们比闪电更快，／冲过松林，向更远的地方去了。”停滞与冲动该如何通过语言来平衡？由此，关键是诗人该如何找到那条并不存在的进入到诗意完美未知境地的小径？静默如谜的未知亦如神的呼吸。这是徒劳，但是不得不一次次寻找。这既是一种寻找，是自我精神暂时安放之所，也是一次次的精神出离——“前面的路已隐入更深的草丛”“这条小路，荒草抹去它的方向。”甚至可以说，诗歌在偶然间作为精神生活对位性产物的出现恰好弥合和补充了女性日常生活中的白日梦般的愿景。在日常生活和精神生活之间，在现实场景和虚幻的戏剧性氛围中，杜绿绿不自觉地将自己设定或

想象成了有时让人捉摸不定的女性主体性形象。有时候这一形象就站在室内或厨房的一角，有时候又像哆啦A梦一样吹着硕大的气球往天上飘——“我多想闭上所有的眼睛，继续做个孩子”。杜绿绿有一首诗《热气球女士之死》与此精神向度是同构的。但不同之处在于她又敢于戳破那个热气球一样的幻梦。她可以和儿子大碗做游戏、出游，也可以在实有和想象性的大海、山林之中寻找那丝微而隐匿的光线。杜绿绿在广州的住宅与常年葱郁的大山尽在咫尺，相互能听到彼此的心跳和呼吸。每一个窗口望出去都是群山——“我熟悉这些景色／胜过了解自己的身体。//我望着它们／度过每一日”。但是，住所与自然之间的距离不是简单的物理距离，而是心理距离。这更明显地通过诗歌等方式予以确认。深夜或清晨诗人能够听到山鸟啁啾，这是侧耳倾听，也是对自我灵魂潮汐的观照——“可我现在成了臃肿的妇人，／屋后的山坡也难以爬上。／我只能在夜里偶尔想起那些鸟儿／它们应该洁白，／像雪，像干净的眼睛。”“应该”一词显现出多么滞重难行的一面！这使我想起沃伦的那首诗人尽知的句子：“多少年过去，多少地方多少脸都淡漠了，有的人已谢世／而我站在远方，那么静，我终于肯定／我最怀念的，不是那些终将消逝的东西，／而是鸟鸣时那种宁静。”在此，诗歌既向内挖掘又向外敞开，既是日常所感又是精神生活使然。由此，诗人必须平衡好日常（平行或向下）与精神维度（别处或向上）之间的关系。正如沃伦那句诗，多么自然日常，多么平静无奇，可是却一次次敲响或撞击着人世的我们，“头上的天空和木桶里的天空一样静”。

“平静生活”的背后是什么？日常生活了无新意的复制与“写昨日”的偶尔重临之间是什么关系？台风会突然改变日常的秩序，而诗歌亦然。人世、山林、诗歌、厨房、自我、梦幻，现实就是以这样不可厘清的方式糅杂或叠加在一起。更为不同的是，杜绿绿甚至能够同时将厨房的烟火气和精神远方的虚幻放置在诗歌中。它们彼此咬合、摩擦、龃龉、纠结。也就是说，诗人在诗歌中处于一个什么观察和言说的位置很重要。由此具体到杜绿绿的诗，她更像是站在阳台上的诗人。这是三位一体。她身处于日常甚至杂乱的诗意了无（也可能是另一种方式的诗意）的居室之内，她曾借住或暂居于此——“房子狭小，堆满老旧的家具／单人床落满灰尘／我睡在厨房的地板上。”她又可以站在阳台俯身观看尘世中发生的灰蒙蒙的日常浮世绘。与此同时，她还可以踮起脚尖眺望城市之外的精神“山林”与梦游一样的“远方”——“我们／同在阳台上看路的去向”。这三个视角和三个位置同时融合进一个人的诗歌中，它们所一起叠加或交错的精神景观也必将是复杂难解的。而“住在失语的房子里”该如何重新发声？“我拘谨有礼地活在我们的房子里。／如果，这房子是我们的。”在杜绿绿的内心深处一直存在着一个“冒险岛”。她嗓子里冒出来的声音是“我要去外面／哪怕有一天会枯死”“但愿明天／能从这轮椅上逃出去”。无形的轮椅。多么可怕！这是一个爱丽丝！你看到杜绿绿诗歌中反复现身的那只兔子了吗?

杜绿绿的诗歌印证了一种“声音的诗学”。

这是一种气息，实际上更接近于精神的呼吸。杜绿绿传递给我们的诗歌声音既像实实在在的来自于日常生活的自语、对话和自我追问，又像是来自遥不可及虚无难触的另一个空间。或者说仿佛来自于另一个尘世——这个声音与我们有关，又有所不同。这种切近和遥远、现实和彼岸的拉扯刚好是杜绿绿诗歌声音的一个标志。

杜绿绿是一个在诗歌世界中不断与自我较劲儿的人。她诗歌中那么多的人称指代，在更多的时候都是指向了诗人的不同层面和域界的“精神自我”，“白天，／我做着另一个人”。这就是为什么杜绿绿在她的诗歌写作中设置了那么多独语的“自我”以及主体与不同人称指代关系之间的对话和交谈的动因。这与其说是一种交谈，还不如说是不同镜像之间的自我盘诘。这是一种打量、存疑和诘问的诗歌。杜绿绿的诗歌和内心一直有一个率真的小女孩不时从语句和日常空间中冒出头来，转几个圈，做几个短暂的梦然后又再次回到精神成人的日常状态之中——“跳上汽车那一刻，她意识到此刻／又是在梦中。但是迟了，／她不能从汽车上跳下来，汽车快得像幻觉／玻璃窗上的人／苍白如纸。她不能否认这个人正在背离自己。//她抚摸‘她’，她知道／这个女人从来都不是谁，不是那个／梦境之外的人。”（《另一个梦露的奇遇记》）。她不停坠入迷梦又不断从其中起身回顾。“她们”从来都是同一个人，但也可能从来都不是。她不停地在梦幻与现实之间折返，与不同界面和临界点的另一些“她”相遇。有时是已知已在的熟稔，有时候又是未可预料的陌生。这是主体的“她”对“自我”的打量、查勘和探询与疑问，“她总在我后面，许多年来／我在不少地方看到过她／一声不吭穿着黑衣服，有时／居然和我是同样的款式。”“我的眼睛里什么都有，只是没有我。”

诗歌对于杜绿绿而言，既来自于日常的生活状态，更重要的则是来自于一个人特殊的精神生活。也就是我们要每天无诗意地活着，又需要精神生活来作为支撑。尤其是对于女性写作者而言更是如此。那一首首在生命自然状态中某些情势刺激激发下的诗歌，更像是一次次精神成长和寻找的过程，是一次次的精神出走、游离、暂时抽身、转身和出离的过程，比如这方面的代表作《她没遇见棕色的马》。在日久弥深中期待那匹棕色的林中出现的马最终只能是虚妄。这是一首无望的诗，也必将是错乱的白日梦幻连接不起来的惨烈碎片。起句“女人老了”本应该给我们诸多温暖的慰藉和怀想，可是接下来全诗呈现给我们的却恰恰相反。一路陡转直下。那匹诗行中现身的马应该承载着如此多的精神寄托和女性幻梦，但是这都是虚妄。因为，仍然没有那匹棕马、没有远方、没有明天、没有精神的安栖之所。诗中反复出现的“如果”“像是”加重了这种分裂性和虚妄无着的想象。她只能接受夜色，她的叫声就是最强烈也是最虚弱的自我镜像。讽喻之诗也必将来临。“女人老了”“但是”“谁都以为她要走了，她也这么打算”“如果”等不断强化了这一虚妄的过程。而这一虚妄的过程在杜绿绿这里是通过冷静和平淡的语气得以完成。这却又再次以张力强化了这一虚妄。这是一个“梦生梦”的“梦游者”和“远行人”，“离开所有人，走进行李深处”“她没有再去想那刻，她带上了那本书／她走遍了这座山的所有坡底，／什么理由也没有”。

这同时又是胶着和面对实有、日常和当下的蜗居者、偶尔的失眠者、年轻的母亲、主妇和瑜伽练习者。与此同时，也是一次次的精神出走之后回来途中的自我劝慰与宽怀。杜绿绿有一首诗叫《寻人启事》。这首诗是其精神自我的代表性作品。类似于“杜小羊”的自我寻找实际上更像是女性精神的寓言，如此真实又超拔于真实。从而就显得更加真实，因为这是由现实真实提升为想象力和词语的美学真实。显然，后者更重要。这是一次次的自我的重新发现，也是一次次向上一个瞬间“旧我”的打量与告别。杜绿绿一直瞪大着眼睛，试图把暗影里那个未知的“我”和已经成为过往的“她”拉拽出来。

让三者同时站在微微的灯光下，同时现身，彼此抵牾，互相查验。在杜绿绿这里，不仅不同的人称指代指向了不同的我，而且不同代际的女性家族形象也不断在其诗行中叠加成特殊的精神谱系，比如外婆、祖母等——“我来自很远的地方。/我母亲 /与祖母的房子建在黄沙里。/她们从来不洗澡”。这是不同时间序列里的“她”。“她”既是同一个，又不断在转喻中完成精神自我的分身术——“少女们，早晨！你们朝着不同的方向/在窗外抚摸这一时刻”（《暗流》）；“她又要生产了，生下另一个自己”（《梦生梦》）。但是，好天气和好时光能够有多少呢？——“我们喝呀喝，喝呀喝，好时光就回来了。”

杜绿绿的诗歌腔调往往是自语、独白、对话、自忖、出离甚至是分裂盘诘的，日常性的自我与精神性的“她”之间形成了戏剧性的冲突。这是一个略显胶着的矛盾共生体，温顺而不羁，眷顾而决绝，自信而犹疑，直觉而冷静。杜绿绿的声调往往是不动声色的，不冷不热的——“沉静的病人”“寂静的恐惧”。即使处理死亡的抒写，她也能平静地站在寒冷雪地的深处向你慢慢讲述：“你死了。/我说不上难过，总有一些人死得突然。/比如我们的一个远房兄弟，他二十岁就吊死在父亲/死去的堂屋里。/他的父亲，/也是这样死在梁上。”（《十一月》）但是，在平缓的语流下突然出现甚至炸裂的火中取栗、抱冰行走的决绝、阵痛的句子却令人寒噤满怀。比如，“这个早晨／我把剪刀裹进／坐在你身边／露出和你相同的表情／你并未察觉”（《镜子里的人》）。

很多女性诗人大抵都属于安静时的写作，但是这种“安静”有很容易成为一种四平八稳甚至是日常“流感”式的平庸。而杜绿绿的诗歌却在一定程度上呈现和印证了“异质性”的声音。这是一种张力，也是一种悖论性的容留。很多女性诗人往往在凸显自我和精神性的同时形成精神洁癖的症候。也就是往往她们的诗歌更具有自我的排他性，甚至很多女性诗人通过诗歌语言将自己扮演成种种角色，或干净圣洁，或自白的歇斯底里与寻衅。而杜绿绿的诗歌往往能够在日常和精神话语中出现“破”的一面，也就是这种诗歌话语不属于惯常意义上我们所听到的女性诗歌的“声音”，但是这一特殊的音调更多带有诗学意义上的难度和个性，比如“半明半暗的清晨，真他妈冷／林子里烧着火”（《迷失者》）。“像你最瞧不上的老娘们儿”“谈论厕所里的笑话，像两个纯洁的好人”“我写下一行恶毒污秽的句子”“我们来相会吧，／菩萨。／不要再露出微微的笑容”“让你犹豫舔着我的肚脐”“用模糊的性器解释他们的梦”等“不洁之语”都可以入诗，入女性之诗，入杜绿绿之诗。这就是杜绿绿诗歌写作中的自嘲、反讽、小小的燥热和“不安分”之处。也就是说杜绿绿的诗歌自然、真实、原生而又具有一定的疏离和超拔性，没有一般女性诗歌话语的自我清洗与精神洁癖。那些干冷简硬的诗句中经常有刺儿、有寒噤、有倦怠、有尘土，有很多女性不敢言说的部分——“灌木低矮，你们俩蹲下去／说些严肃的话。／小便清亮，顺着马蹄草的茎叶／向低处流去。／要经过妈妈的菜地／才能到屋东的池塘。”是的，她勇于说出。

诗歌是为了铭记。这句烂俗的话对于女性写作而言却还往往凑效。

就杜绿绿而言，她的诗歌中曾一度出现得最多的句子是“去年的时候”“像是多年以前”“她曾坐在春天的台阶上讲述过去”“童年的境遇”“好像爱丽丝旧地重游”“当我老了，谁来爱我”“那是几年前”“许多年来”“我们相识多年”“我们停留在年轻时候的暗青里”“此刻我怀念着逝去的时光”“反看那荒芜的旧日之地”。在“生活多年来从不会改变”的日常情境之下，这是一种“后退式”祈愿式的精神诉求与追挽。可是这种向度的诗歌很容易成为自我眷顾式的水仙。换言之这样的诗歌精神打开度往往不够宽阔。而杜绿绿能够在这类诗歌中做到过去时态和当下甚至未来之间的共时性呈现。这个很重要，也很有难度。也就是说她诗歌中的“声音”“腔调”“时态”既是个人的，又有一定的普适性。这必然是回溯之诗，是直接面向时间的生命体验以及冥想性自我的精神性寄托。与回溯和后退的诗歌姿态相对应，杜绿绿还不乏面向时间、自我和未可知的明天的预叙能力。这个往往是女性诗人很难完成的，比如《这个老妇死在秋天》。

杜绿绿的诗歌中不断出现各种高矮疏密的树林（比如《鸦雀无声》《她没有遇见棕色的马》《失踪者》《冒险岛》等等）。这些浓密或稀疏的树林对应着她的内心世界。杜绿绿曾坦言自己喜欢高大、干净、挺拔的树木。这一切在诗歌心理学上象征着什么呢——“却从未走出幻觉密集的荆棘林”。比如，她诗歌文本中出现的松柏（落叶松）、棕榈、榕树、桉树、杨树、苦楝树、杉树、桉树……。甚至有时候杜绿绿在诗歌中把自己的位置放在“树梢”上，“我坐在枝头／身后都是雾气”“我在树上不曾挪动，还是有风”。有时候欢乐是在“高入天际的树冠上”，有时暮晚或黑夜中的树林又代表了并不轻松的未可知的精神对照。这既是精神的眺望和凝视，也可以随时顺着树干来到踏实的地面。H城、桂城和S城，这些日常性的空间更多只是作为杜绿绿诗歌的一个一闪而过的背景和陪衬。而当下更多的诗人却正沉浸于这些城市化空间的日常抒情与道德伦理。反过来看，女性诗歌很容易占据分守其一，而不能同时完成。分守其一的诗歌很容易导致日常生活的平庸或无限自我精神膨胀的天鹅绒监狱之中。这两个向度实际上是同一个狭窄的精神症候的结果，其对于诗歌写作自身而言是有害的。实际上这也正是自我精神与外物之间对位、呼应和精神交感的过程。这个特殊的“树林”离人世、生活和现实只有一步之遥。可诗人需要的恰恰就是这一步。不远，不仅，刚好处于日常和自我精神最适中的位置上。这样的诗歌就注定不是雅罗米尔式的，要么一切，要么全无。或者说杜绿绿的诗歌不具有这种暴烈的、迷恋的、偏执的女性精神症候。她的诗歌就是一种呼吸，一种声响，刚好处于离我们切近又有着一段距离的位置。

有时候自我冥想或铭记成了诗歌戏剧性的一部分。

杜绿绿是一个优秀的讲述者，女性写作绕不开的一个部分就是“自我戏剧化”。这是“另一个梦露的奇遇记”。这种诗歌中的戏剧化在杜绿绿这里既指向了过去时态又指向了遥不可知的未来时态，比如《谁来爱我》《好时光里的兔子》《另一个梦露的奇遇记》等。而人尤其是女性作为短暂和瞬间的时间过客该如何面对未知与前路？这必然是时间的无望的自我讽喻之诗——“这里葬着她的少年、青年和暮年，／可惜它们都对这个世界知之甚少。”“她想，她是这个女人的先知，是‘她’的将来，／有可能存在的任何人。她唯一不可能／是‘她’。”杜绿绿那些通过一丝细节展现的时间力量更能打动我们——“我的家具上到处是黑色压痕”“它是个工艺品，有日久年深的污垢”。这让我想到梵高笔下的脏破翻卷的农鞋。

女性诗人中不乏通过词语和想象来完成通灵能力的人。而杜绿绿的诗歌中不时有瞬间完成的闪电天启一样的直觉丰赡天籁的句子令人惊奇，比如“她转而也安静了／引溪水擦洗墓园”，“她拖着浸

满水的自己与猫”，“乳房是个老母亲／衰落在高高隆起的腹部”，“她快乐地踢着皮箱／——一个巨大得能装进去／一个人的皮箱。”用溪水擦洗墓园，该是怎样的一番人世日常而又不同寻常的景象呢？这些句子是不可复制的，包括她自己也不能再次复制。杜绿绿的诗歌语言干净而节制，正如她所倾心的那些高大、干净、挺拔的植物。当然，她也并不缺乏女性自身的任性和小脾气。有时她也用树叶和枝条来修饰和掩盖，但是最终那些挺拔的躯干成了她诗歌独有的质地。其白描和即景以及设置场景的能力很突出，甚至不乏戏剧性和叙事性的冲动，简洁有力，有时又是晴朗和阴郁甚至寒冷并置，犹如北欧无尽雪地之下容易患上的忧郁症。

近期杜绿绿的少数诗歌中，其直觉生成性和语言的湿润质感正在为一种“深度”的干涩和知性复杂性所削减。最为直观的变化可以从诗歌的体式上看出来，近期的诗集明显每一行诗歌的长度以及文本的整体长度都变大了。这表示了什么呢？甚至有几首诗的“叙说”被“说明”所代替。我不知道这种变化对于一个诗人“风格”来说意味着什么？如果这是一种“成熟”和所谓的“完整”，那么一个诗人应该反思的恰恰是“成熟”“完整”的代价是什么？而历史上伟大的诗歌往往是“有残缺的伟大”。而对于一直自然而然写作的杜绿绿而言，也许，我的这个疑问对她来说构不成必要的谈论。

2014 年 10 月的海南。一群青年诗人围坐，身后是茫茫的大海。那时已近暮晚，突然海上有烟花闪现。在我指给杜绿绿看的时候，烟花一瞬就消失了。我想到杜绿绿的诗，“远处有烟花升到半空又很快落下，／黑暗与光华交替得过快”“远处，灯光像是永不可触及的过去”。短暂的灿烂，长久的倦怠。大海代表了某种未知，也与日常生活之间隔开了一定的距离。大海是一部常读常新的古老卷宗，关乎时间，指涉灵魂的秘密——“请让火车带我去大海，从这里，／碾过今日的重复，铁轨中有下沉的秘密。”日常之心需要那些来自诗歌的火光，随之而来的仍然有小小的芒刺——“她走了，我也决定去北方看病／胸口的刺生得越发大了”。

杜绿绿年纪轻轻，却在诗歌世界中不停地吸着纸烟。这在精神向度上是慰藉、是自我取暖，是惬意、还是不安与胶着？“我想和你说话。／你哆嗦手指，不停地打火”“旧家具在房子里，她在弹簧沙发里。／绿色地毯上，只有／她手里的烟还活着。”

在湿漉漉的午夜中所喷卷出来的烟雾，那偶尔闪烁的红点，它们离这个世界很近，同时又很遥远。也许你等了一生，密林中仍然没有那匹棕红马出现。但是，一个不曾更改的声音则是——你仿佛来自另一个尘世。

2014 年岁末写

2015 初夏改

目录

第二辑　失踪的人们

第三辑 感谢她的恶作剧

序诗：我们反复说起它

有一个词语是我们厌恶的。
它不是早晨，早餐与孩子
它也不是今天，明天或爱。
我们热爱着对方的此刻
像贪恋金色的马蜂，
它在纱门拉开时钻进我的家
在房子里嗡嗡乱飞，飞在我的裙子边
我的头发
是这样乱呀，像是你伏在枕边使劲吹了半宿。
那微微的呼吸比秋风还要放肆
马蜂也不敢这样蜇我。
我们在突如其来的阳光里，谈论
这个词语。我们谈起它，顺便扔了茶杯
玩具和衣服，
我们一想起它，便回到了安静。
如果，如果
我能哭出声来打破这个词。

2013.11.15

中国好诗

我们来谈谈合适的火苗

神明蜻蜓

如果

我离开小镇
把你丢在水边。

如果你哭出声
我会回来。

2004.12.29

脸

在台风到来的夜晚
飘过高速公路。
——多么的平淡
即使它只剩下一半。

2006.7.17

梦游

失眠人掉出眼泪
空气温馨，一只羊
进入黑色隐蔽的房子
它活泼异常，背着
醒夜的人四处逃奔。

“我默默地
看着你”

洁白又美好。

2006.7.11

马面人

终于清晰了。
那个短发的人，抬起左腿
身体前倾。他的性别特征不明显，
腿间挂着沉重的事物，颈子平滑
胸前的小山一座座垒起。
他被这些，压迫得低下身去
双手蹄子般坚硬，扭曲的脸
正在消失。

2006.2.20

神明蜻蜓

爱慕之心在黑雾里
散去，又回来。

2013.10.27

向晚

那被河水淡化的面容。

松树下
脉脉的夕阳。

你们从山下走来
缓慢移动的光。

好时光在重复
如果姑娘们跳舞，巫婆们不再交谈。

你们也安静下来。
令人暴躁的过去已经过去，
这安静的一日。

2013.10

我们来谈谈合适的火苗

来，让我们拿着软尺
缩小骨头，
钻进橱柜里
今天我只想谈谈合适的尺寸
我们蓬头垢面的季节。

你像打动他们那样
打动我。

而不存在的人在油烟里。
我们杯中，
蓝火逐渐冷去
凝固，
还有什么，今天必须谈到
——炉具和汗湿的清晨。你，以及我
对生活的背叛。

这些琐碎的细节啊，
比我们的谈话还要暴躁
它们洗不掉
不信你来试试。

——你不会，
从去年的去年开始

你就忘记擦净脸上乌黑的油垢
它们藏起你的表情与痛苦，
还有我的存在。

2013.1.25

早安，北京
——赠蓝蓝

地铁飞往育新花园，
我们穿过一个又一个黑匣子。

那最终到达的是
谁的错觉?

设想我们擦肩而过
大蓟花逐次而缓慢地在路边绽放。
绚烂，执着。
浓烈如你的目光。

而实际上，我们在日光下挽着彼此
走出阴凉的谎言。

这里，有两位涉世未深的人
她们不需要被原谅。

2012.8.22

月光与集体

月光透过树冠照进我的皮肤
与毁坏的心。
它坏了有段时间，这不是个秘密

——嗯，请您别否认
我们都在独处时，对自己做出过同样的揣测
在门铃响起时
又默默忘记以上的怀疑。

我不是独特的人
或者说，除了与你们同样的冷漠、平庸
我还有些胆小——
一个人时，
也很少端正地查看自己。

这个莫名其妙的夜晚，
我来到院子后面的树林里
看着月光将万物包围——

它毫不留情的
毁了我们集体的秘密。

2013.3.3

沉静的陌生人

我爱着
泥地里打滚的小天鹅
（它们比任何一只鸭子都难看）
爱着前面的丁字路口
左边去向池塘
右边漫长，
风景结束在土坡尽头。
我爱着丛林中
寂静的恐惧
你眼睛里的夜晚
我爱着。
我爱着从不存在的你
沉默的爱着。

2013.2.23

也许

也许，我该留在原地
尽管没有遮挡。
面目模糊的人
在云层里变成虚构的胖子。
也许傍晚，不属于海边
沙堆里失去被掩盖的真相。
我的头发
不曾尝到咸味，也许
那拉长的黑影从没有来过。
也许这个海滩，
只出现在我的诗里。

2011.10.3

致弗里达

不知何时，这个人
在我额头显现出面目。
蓬蓬的头发像驼鹿爱吃的鸭跖草
在路边暗自丰盛，
可是雨季，还有些远。
这样一个人，瞧啊
我看着他就像是看到了自己，
任由他搅乱我的头发
在茫茫黑夜的断层上
我不能凝视他，
更不能擦去他身上的气息。
我们被困在弗里达的画中
在那胖男人的第三只眼里忧伤生活的荒诞。
“你总是不说话”，
我反复说起月下的阴影
血管缓缓钻出皮肤，
长成我们之间的一根长矛
而我活着，
像是从没有死过那样的欢快。

2011.9.14

我有雪白的牙齿

我写下一行恶毒污秽的句子
在丢弃的牙套上。

——拿去！

2011.11.29

在树下

芒果树剩下焦黄的叶子。
在树下，
可以为任何人难过。

我们在树下，
两个蒙面的弱者。

我们的眼睛，我们保持着距离。

而静止的身体里
是什么？

2011.12.14

瑜伽修习者

我来安慰一下
无限弯曲的骨头与声音
好不好?

这个想法让我很难过。
即使我不是骨头，不是声音。

不是我。

2014.10.24

我爱过

我爱过少年，爱过摸黑夜跑的人
掉进雪洞里的孩子
我爱过。我爱过公园里的秋千，
它向遥不可知的远方荡去，
我爱。

那些清晨我爱过。
我爱过庭院里出现的陌生女人，
她贫穷的脸和哆嗦的双手
我爱过。我爱她的活着，爱那些马蹄草
坐在屁股下的上午。

我爱过一日的虚度，
爱过黑夜里的少女在哭泣，我在她破旧的小屋
讨论她的爱情。
我爱过这些沉迷的人，
像睡在大街上一般孤独的人
我爱过。我爱过棉被，影子
说谎的声音我爱过。

我爱过未来，
飞机在跑道上滑行的颠簸我爱过，
迟到的人我爱过，正如这重复的生活
那些失语的片段我爱过。

我爱过你沉默的手指，
爱过你。

2014.7.31

旅行者

几天来我反复琢磨一个词
什么是“真实”？静止的傍晚？
灰蓝色天空在无人的柏油路衬托下
开阔而强硬，是你么？
你的影子之外是我的影子，
我需要这样假设。

即使你走过我不曾停下。
我们都在初雪时节到过那个小站，
废弃的机车库被碎雪遮盖
我在铁轨上，至今还在，
而你的脚印不在我的靴子里。

落地时的重量我也找不到，
太轻了，这个出现在照片中的傍晚。
可以想象当时的天色属于草原，盐湖
你的手浸满了盐。你在生锈的地里。
你在水里密集的石头上寻找生物。
你，没有看见我。

你往这儿来，浓烟般的地热蒸汽上
你的相机里留下了凝固的时刻。我在吗？
我不想说怀疑。我要告诉你
在你曾经工作过的地方

那所被允许忽略的房子里，
我在收拾书桌与空花盆。

窗户推开又关上了，蓝色的阴影
未被描述的橱柜还有你的痕迹。
你拍过旗帜，愤怒的少年，骑兵
我都在，在你镜头的对岸。
而那湖水，不起波澜。

我最终是会游过遥远的呼伦湖，
走到你面前。
我一直在。
像依附湖水而生的野草安然生长。

这也只是个假设，必须说出的事实是
在自然的湖里我看不清方向，
更无法浮起来。那些水间晃动的植物与昆虫
是你要找的。至于我，
只在虚无的语词中存在过。

你甚至不能辨别出
我与另一片湖水、灯光、黎明
有些什么不同。你在大地上走了这么多天，
是否有所察觉
我们缺少的不是地理概念，
仅仅是一个泳池，一副泳镜。

2014.10.20

致大碗

蝙蝠在我们顶上盘旋
很低，很低。
这一日散步的时刻来得太晚，
暴雨过后
路上落满红色果实
软如即将溶化的橡皮球，
在我们脚下，
腐烂的，暗香的，无法惊起你。
正午很晴朗，
一些孩子在石子路上玩耍。
我与你，
在窗前假想某个故事的结局
并不知暴雨将至。夜色、蝙蝠
遥不可及。虽然我总是看到
“它们飞得这样低沉”。

2008.7.14

出走记

你为什么孤单地坐在床边
像是刚睡醒的孩子赤身裸体。
灰蓝色的墙壁有许多污渍
这幢房子是谁的

鲤鱼摇着尾巴
漂浮在空中。
它们是那么多，那么多
像你曾经茂密的头发。

那天你梳着新发型
从外面回家
却又立刻严肃地走出去
走到一间陌生的房间，
躺在陌生的床铺上。

当你确定这一切都是陌生的
终于像个孩子似的心碎哭了。

2007.11.27

出走记续

从桥上下来
手还放在胸口的洞上
轻拂过这黑暗
城市在远处，
我们在无穷无尽的后退中。
树木漂移，
光束扭曲在空中。
每个人都穿白衣，
在我身边
在野草丰盛的湖边。
“以前，
常去这个地方。”
我们谈到往事，
客气有礼。
那个湿漉漉的人却爬出来，
走到了岸上
走过来。
我捂住胸口，低低的笑着
什么也不敢看。
这天还是来了，
那人捆起大口喝水的我
拖回湖里。
不必思虑，接下来会发生的
就像湖底的淤泥

终年沉在那儿，没有活过，也没有死过。
多么短暂的故事
从桥上下来。

2011.9.6

月末书

每双眼睛里都有洗不掉的黑色，
我无法用它看清秋天。

小妈妈，花丛里的人并不相爱，
他们拥抱在一起是为了什么。

2011.9.30

好天气

午饭后，我在田里看到两个人
像是锈铁做的，沉滞，只露出侧面。
他们张着鱼尾般的嘴
望向远处。

我在树上不曾挪动，还是有风
从他们那儿带来腐味。
这两个人，安静坐着
稻谷跌倒在他们的前胸后背
鸟儿也驻足了。
还有我，在啃苹果。

天气好得没话说，
拿叶子盖住脸
眼睛也像被火在烧。
所有的人，
所有的景色

——在燃烧。
这片田地，在蓝天下缓慢升起。
他们，自然也是。

2011.10.3

坏天气

我挨个描述他们，
仿佛在雾中耐心找着
他的身影。

“我们同来过这儿”，
有一天他将这样说。

如果
雾没有散去，
影影绰绰的人
还在湿润的林间。

2011.12.19

麦田

我并不相信麦田里会有飞碟。
所以，我叉腰挺胸地站在门前
看麦浪翻滚，
像你最瞧不上的老娘们儿。
也许是真的老了
脚板下的每寸土地都扯住我
往下面去。
下面那个地方，我也是想去的
如果能让你回来一趟。
看看这片麦田，多么好
我们也曾这样好过
碾过一片又一片的麦子。
在麻雀的叫唤里，
像一对哥们儿
亲热谈论着远处的飞碟，
好像下一刻它就会抵达
载上我们
去到另一个没有尽头的麦田。

2011.10.20

我的来历

我不能透露我的秘密在你们清醒时，我佯装
滴酒不沾只劝你们干杯，
这些伎俩十分必要
在某些时候。我早想找个分担秘密的好朋友

假如他真的可靠。今天席间几人是我
精心挑选。S是瞎子，L是聋子，还有一位
T小姐没有舌头。他们不喜欢我是有理由的，
我也不喜欢我的来历。

“你让人性去了哪儿”，T小姐不用舌头
也能表达，那两位先生更是努力
跳起来扑倒我，我对他们的遭遇十分抱歉
但绝不后悔。“他们会理解自身的重要性”，
我这样认为。

啰嗦也在意料之中，我已闭嘴太久
这个城市从来没有知音，
我独居山下相伴鸟兽，它们形不似我却
境遇相若。我与它们都不属于人群。

人群的秘密全在我心中，
我窥探过城里所有人。

我必须将秘密托付他人，
明日就要远行我不能带满身沉重上路。
他们三个的重要性得以显现，
我重塑他们的样子，“没有缺陷那定是缺憾”。

他们渐渐平静像我一样坐在地上，我们四个
我们，看着遥远的天空陷入沉思。
他们等待我说话而我
再也不愿说话，
我只想留在地上研究我的来历。

2014.1.31

迟到的秋天

昨晚，我与许多大人物谈了会儿话
伍迪艾伦的新片[①]在我身上试演
但这儿不是巴黎，是广州。
祖国的南方，一夜之间由夏入秋

我们的寒冷，一点儿也不比别人少
从院子去邮局的路上
孩子欢快的踢踏，无人留意落叶的去向。
我买了山药和腊肉，接到两个电话
冷淡询问我要寄的是什么物品
“只是一张纸……”
“纸？”

——是的，仅仅如此。
我无法像市场里杀鱼的壮妇扛起
爱人、桥梁和火车。
我拘谨有礼地活在我们的房子里。
假如，这房子是我们的。

——尽管如此
也没人能拒绝寒意的渗入
像是这两年，被人民警惕的蜱虫在腿上
咬了小口进来，一点、一点地吸着。
我们越来越瘦，每天端坐椅子上

伸直双腿，预防关节炎
——妈妈的偏方。
可是妈妈，你惯用的方法
还能适合这个秋天吗?

比如我，从没有想过能和这些人
在夜里谈话。

他们身份不同
长得不一样，做的事也毫不相干
甚至我不能一一叫出准确的名字。

他们，
在黎明前来，
与我无休止地谈话
让南方——
刺骨的寒冷。

2011.10.26

注①：伍迪艾伦的新片指的是《午夜巴黎》。

你的信

“见面的时候，我捧本福克纳
我们就谈起了大黑傻子。
他正歪戴帽子，踏过我们的心。
我要把这句话写到诗里去，
我们刚凝固起来的心，晚上好，我的心。”

昏暗的灯下有人曾写过信，我从那儿经过
几张废弃的信纸。
我轻声朗读它们，在声音里寻找
通往走廊尽头的阶梯。

“那里有许多人，我能听见你在雪地里走路，
松枝落在地上也是这样的声音。
如今我压根见不着你，还要躲在这里写信谈论他，
太可恶了，他干嘛不跟姨妈回家去。”

这灯要坏了，我想。缓慢的、无止境的黑沉在四周
信纸掉在地毯上。
“……我今天穿了一件盔甲，随处可见的摆设
在走廊两旁，石膏像蒙上厚灰大卫有些肮脏
是的，不再干净了这儿。你还能相信一个疯了的人吗？
我也是个傻子。”

我站在信纸边上，对着走廊的镜子将自个儿

从上拍到下
这套新衣服它还来不及变脏，
你义无反顾失去了踪影，我的心。好久不见。

“你想来见我，不要否认。
这里是哪里，我还能待多久？”

2014.2.16

小野果

红色的野果堆让人寻味。
是什么拱起
令人心惊的弧度。

是他们倒在野果堆里，
浆汁窜起。
——是她好看的线条
——是他们曲折的谈话

泛泛之言，
如湖上泛舟。

我拿出一枚果子，大口咬着甜
和身经百战的虫子。

请你们，
回到果园里去劳作。
如果还有一点爱
请不要藏在
沤烂的果实下痛哭。

两个讨厌鬼，哭起来，
像我残缺的果子。

我要吃完它
再去睡觉。

2011.11.1

隐身

我在八月下旬某日上了火车
再也没有下来。
火车穿城而过，进入大山腹地
风景从夏至秋
是冬，似春，四季在我面前
如奔跑着的经筒。
我是一个灰心的人。
请让火车带我去大海，从这里，
碾过今日的重复，铁轨中有下沉的秘密。
黑暗的，潮湿的。
可我喜欢蔚蓝。我的眼睛是蓝色。
我和我的眼睛要去大海，我们在火车头上吹风。
这一日，风不猛烈
像爱人的手，拂过我泛黑的脸庞、胸脯。

这是一个正在进化的人。
风揭开她层层萎缩的外壳，
她逐渐变得透明。
火车开向大海。她坐在火车头上。

我在她眼睛里回忆八月，
像个失踪的人。

2014.8.17

季节

最难熬的日子到了，
她拖着浸满水的自己与猫
走下电梯，流水般渗进隧道深处。
地铁还没有来。再也不会来了，
前方的车站和她一样
泡在水里。

她在微芒之中，探寻石壁两侧。
水泥的，没有凹凸的
她的猫也不能爬上去。

这只猫眼睛有两个颜色，
它本身却是透明，像雾。

她们在一团大雾的傍晚相遇。它扑在她
刚洗过的头发上，
它湿透了。
她们对彼此说，嗨，朋友。

“我的，朋友。”她抱起猫，
她们在隧道里
向下一个车站走去。她湿漉漉的。
它也是。

2014.2.17

声音

所有的声音她都喜欢，
屋顶上寂寞的呼吸声——晚上的风——
呼唤声钻进她的耳朵占有了她的这段路程。

她想要更多的声音，
与笼子里的小狗凝视
她错过乞讨的猴子，虽然她穷，
可她想把这个夜晚送给每个经过她头顶的——

声音——
这些有着她的眉毛和眼睛，
模仿她一举一动的声音，
金子般的。

2014.9.15

爱人

这会儿，我先是亲了你冰冷的嘴唇
然后是额头。
你的眉毛
浓密而柔顺，虽是夜晚
它们弯曲向下的路径，仍是一目了然
就像你必须存在，
就像我的身体不断衰败。
我贴近你的人
我在如此安静的时刻贴近你
几乎要屏住呼吸，
心里两块粗糙的铁皮互相打磨
它们扼住我发怵的喉咙
我在哪里？
这是漆黑的夜
四处空寂的高地，越来越小的身影
我再一次深深地亲着你的嘴唇。

2009.12.23

情诗

我看不上那些人的情书，
勉强来写一首情诗。

这首诗里有海滩，极速的蟹
突然升起的圆月
光是橘黄色，你在倒鞋里的沙。

我爱你，小鞋子。
我爱你，烧烤炉。
我们的晚饭是一天的开始。

你在吃我的脚趾，踝
你抱起这些骨头像抱着棉花糖。
宝贝，我的奶奶说过，
如果不洗干净脚就别想上床。
她揍得我很疼，
给我扎两根小辫儿，还用土得掉渣的罩衫
打发我。

我不是被剪了毛的山羊，我也
不是青草。
轻点儿，傻瓜，
请慢慢地咬我的膝盖
那里有许多伤痕，你摸一摸

凸起的，凹下去的。

是的，你将看到我一次又一次
被割伤
摆动的钟，节拍器的枯燥，
阳台上长出绿色番茄，它酸啊
让牙齿伤心，
让你犹豫舔着我的肚脐。

我爱你，十一点。
我爱你，孤独的房间。

我们睡在床上
向大海飘去，你吻我的脸
像是要吃掉这一天，我把自己
放进你的胃里，我说

我要写一首像样的诗
来伤害你。

2014.8

失踪的人们

雪地里的捕捉

他要捉一只雪地里的孔雀。
它要冻死了。太冷了，他走在大街上
手里握着旅行袋。

孔雀还在昨天的地方，一夜过去
它只挪动了两米
奄奄一息，他肯定。

他蹲下来抚摸孔雀
快掉光的翎毛。
这只蹊跷的鸟儿从哪里来
他有过六个想法。

每一个都被他扔掉。
“最有可能我不在这儿”，
他想起自己难以描述的遭遇，
孔雀低低叫着。

他们共同跪在雪地里，
人们跨过他们的身体。

孔雀正变得透明，他的手也是。
他接近它的地方逐渐看不见了。

他抱住了孔雀。

2014.2.8

叛逃者

那里，
扁嘴兽有巨大的翅膀
哽咽的黑桦
生在水里。
根部已变形，
弯曲着，向深水的幸存者捕去。

少许光亮
在被遗忘的顶上。

那些人，
无一不低首自语。
他们撑船前行
试探着看向光，
看向我——

当我痛哭醒来
只记得他们最后的身影
像岩浆一般浓烈。

2011.10.2

两个盲人

翻过一座山，
两个盲人在荆棘林里约会，他们以为
脚下是早春的花儿，桃花梨花，
烂漫如傻子的笑。

这两个人不傻，他们只是坏了眼睛
心肠好好的，
是体面的聪明人，一个是“备受尊敬的瞎子”
另一个是“讨人喜欢的瞎子”。

他们瞒着村里的众人，逃出来了。
他拉着她，
龙卷风也分不开这两只
纠缠在一起的胳膊。

放下肩膀，放下耳朵
他们踏着满地的荆棘向林子深处走去，
像是踩在花儿上。
放下触觉，放下痛觉
他们从摸到的琐碎向下、向上寻找对方。

远处与近处，
不能分辨的雾气里，他摸到她，她摸到他。

2014.4.11

独裁者

这个人，
睁眼的猫头鹰在肩膀上。
权杖在手中，
金子般的盔甲
每个亮片上都有阴郁的花。
请让我，
触摸下你的胸口
那里有张欢乐的鬼面
吐出猩红舌头。

2011.10.4

果园

两个老实人
坐在窗下吃苹果。

他们吃了很久
也没有吃完。

2013.11.6

她没遇见棕色的马

女人老了，
但是没有棕马驮她回家。
她在树下刷马鞍
像是明天就要出发。
谁都以为她要走了，她也这么打算。

如果回家的小径从密林里显现，
走回去也可以，
她不在乎路途遥远。
如果什么也没有出现，
丛林深处，
黑夜还是黑夜
她在无穷的虚空里刷马鞍。

早上好。
她对着月亮叫起来。

2014.7.31

傻子和我

吉他声里，傻子愉快前行
他知道远方有些什么在等他。
可他说不出夜里的梦，
在那碧绿的时刻——

他有一双猫眼睛，亮在心里。
这条陷入迷雾的道路
领他抵达即将出现的奇妙世界。

如果他分辨出迎过来的三个特征不显的人物。
他们走在纸上、声波里
宁静的图像中有这些人难以捕捉的笑意。

我是想说，
他们围住了这个从未睁开那双玻璃眼的傻子
抱起他，带走了他。

他们没有带我走，
我在雾气里追了许久
还是放弃了。

2014.10.18

乌有村

在我们家乡
驴会打伞，黑狗对主人咆哮。
夕阳般的屋顶上有偷情的人
法官大人藏在暗处
一群傻子在家里拍手欢庆。
多好玩的生活，
每个人都有热爱的事
每只羊都会下奶
每一天，都会重现。

2011.10.2

到灯塔去

她从屋顶下来
躺在吊床上，
吹了一天的海风。
我们要在今夜离开，她从未忘记
事先安排好的行动。

月亮出来时，
我们唱完奇妙的耶稣
从教堂里探出头，
看见她
沿着月光走过牛棚、鸭脚木，菠萝地里的
学校在铁门后，像她刚告别的
上一个村子那样沉默。

那是个快要消失的地方。
村民们从中心向边缘
不断迁徙。
日落前她穿过废弃的老屋，
走到村子正中
那棵无人照顾的龙眼树下。

这里，
再不会有人了。
她抱住大树悄悄地哭着，“你有我的牙齿，

我紧张的嘴巴，我的坏脾气
我的离去——”
啊，奇妙的耶稣
天气暖和起来，我们在树下捡到她。

这个人，
我们仔细洗去她的灰尘和记忆
来到小苏村。

多明亮的夜，
她停下来靠在石头上
看向窗户里的我们。前面，
就是甘蔗地了。
没有尽头的月光，照在她逐渐模糊的脸上。

她终于离开影子，飞起来了
穿过公路，
穿过甘蔗林与松林，
向海边的灯塔飞去。

2013.11.21

雨夜收集故事的人

我来自很远的地方。
我母亲
与祖母的房子建在黄沙里。
她们从来不洗澡，
辫子绑在脑后。我怀疑，
再也不能让她们
把头发放下来。

他说到这里突然停下，
指着我手里的栗子
趁热吃吧，以后可能再也没有了。

我剥起栗子，
一个又一个。
我有太多的时间剥栗子。

雨越来越大。
他见我很听话，从柜台
后面的阴影里走出来，
把头放到我肩上。

我祖母的母亲也住在黄沙里。
小时候，我吻过她
干裂的嘴唇。

风一样的纹路，刻在
她永远睁着的眼睛上——

这个人，我今夜找到的
最后一个人
渐渐失去了声音。
他敞开的后脑勺，
装满了雨水。

2013.10.31

他是第几个

看到棕榈林时，
这些人知道迷路了。
他们走了整晚，
没有找到出口。

森林管理员对他们毫不理睬，
野鸭在水里翻跟头。
他们走了整晚，
没有遇见别的活物。

雾气沉着的晚上，
他们再不能分清同伴的脸。

这次远足多么奇怪，
突然之间，六个陌生人
同一辆中巴。

他们从未见过，却将彼此认出。
熟悉的感觉，
让他们惊慌，“只有最笨的那个
才会问同车人的姓名”。

我是那个人。
我叫着他们的名字像是在点数。

队尾的侏儒自言自语。

他们走了整晚，
又一次经过棕榈林时
侏儒不见了。

谁也不提议回去找他
除了我，队伍中间的瘦子抱怨道。
“倒霉的人总是好心肠”，
五个人一起开口。

他们将瘦子围在中间。
树上的果实
掉进了他的嘴巴，
噎死了。

还有一个，
变成野鸭在水里翻跟头。
剩下三个，
脸颊蒙上层层黑夜。

他们走了整晚，
不再说话。
这趟旅程无穷无尽，
尖叫声也不能让人回头。

最后两个，

在棕榈树下看见对方长着自己的脸。
他们叫起来，
“原来你是我”。

他们走了整晚，
在棕榈林的尽头找到了中巴。

重复的梦多么可恶，
他被冻醒时诅咒了一番。
“这样昏倒，
每次来得太过突然”。

2014.2.3

中国好诗

提前到来的调音师

调音师到得很突然
我们还没有做好准备，
所有计划在他进来的刹那
成为空想——

多么希望他能喜欢我们的房子
房子里的家具、地板
雪白的，什么也没有的墙
而节日留下的花环扔在地上
“——抱歉，
我并不想让人察觉昨夜的混乱”

桌子上，堆满了食品和饮料
请尽管随便享用
如果，他愿意！

调音师在消失多日的太阳照耀下
走进我们的房子。

他什么也没有说、没有碰
直接在钢琴边坐下
开始工作。

2013.3.4

山坡上的连环事件

他在坡上寻找孩子们的脚印。
这些脚印形状不同，
气味与哭声各有美妙。
我的邻居是个怪人，他压低声音
说起自己的秘密。

我多么喜欢和他们说话，小淘气鬼们
让我上瘾。你看到了吗我的头发被他们扯光了。
他取下帽子，露出一头的伤疤
让我轻轻抚摸。我吐口水，做鬼脸，
我喊叫起来
“这和我没关系，首先我已经不是个孩子。”

他开始流泪，像从高处奔来的孩子
奔跑在我周围，他牵着我脖上的绳子
飞快的跑，
像个陀螺停不下来。

他跑得太快了，影子在屋里唯一的一小束光前
扭成麻花。他没有再给我们说话的机会。
他不敢停下来。

2014.1.20

妈妈的故事

他掉进河里就不见了。

我和妈妈沿河岸
向下游跑去。
他会出现在尽头，
死了，活着
都不会离开这条河。

我们跑得飞快，妈妈在风里
在月光下，
她敏捷得像个花豹
跳过一道道沟渠。

妈妈是这样——
我在她的肚里
乘坐飞毯。

我们到了尽头
干净的水塘里可以看到
水草和鱼，妈妈
硕大的肚子垂到水里。

可是他不在。我们等了很久
只好走了。

2013.11.6

他的新生活

他破坏了自己原有的生活，
懂得隐瞒是美德。四脚蛇顺着天花板去了
墙壁深处，它的尾巴落入耳朵
使他聋了。

而他没有美德，
他捂住耳朵大叫大喊，身边人恐慌这行为的异常
发出劝告声，给他糖吃，给他苦药
给他看不到的一个屋子。

他待在那儿，比猫乖，
手也服贴地垂在身侧。他的嘴巴不。
没完没了的，他描述着
某个不甚明朗的季节。

落叶，山上的风，船在水上行进
别人的笑，
他走过那个季节，
握住的手在脚步声里。

他打开腹部
取出来一段静悄悄
已经过时了的谈话。他听不见。

2013.3.22

一个保守派的生活

他走路与别人不一样
踩在棉花团上，像企鹅伸着脖子觅食。
这里没有海
他无所事事。

蓝色出现在花园里
树早死了，
烂根爬出沙土。
空气熟透了，他从很远处
发现这一切。

眼睛睁开又闭上
他看到一片沙漠，接着
又看到另一片。

他从来也不需要海。

2007.4.24

患者日记

它们真的在。无处不在。
门缝、茶杯盖儿，我的家具上到处是黑色压痕。
好像沙漠里的骆驼，倒下前的脚印
我没有看过沙漠。虽然它们带我去过
沙子还停在嗅觉里。
有凿子在我脸上敲打，像是雕琢艺术馆里新的藏品。
干裂的风灌进伤口，下一刻会怎样。
学校的杂种们瞧见了
又该躲起来笑吧。我很在乎。
但我会趴在地上学蜈蚣摇摇屁股。
“做个流口水的孩子”，它们在地下小声说着
并且鼓励地捏捏我。
睁开眼就看到这些日夜所思的人……东西……
我不愿意。
只让它们活在眼皮里，活在我的父母、邻人之外。
我仍是个安静的白痴少年
明天或许可以去踢球，如果能从轮椅上逃出去。

2011.10.5

住在街尾的黑发女人

我们认识的那个女人完蛋了。在许多天前。
有人记录下她的一生，“那是个未完全展开的故事”。

哦，女人断裂的灰头发
编成了花篮，插花架，盒子，还有一些
不知什么用途的东西。
正方形，长方形，圆形，
变化不断的有弹力的容器？她藏在里面观察整个镇子。
这样可不好，
我们踩着她门前的烂泥朝屋里张望。

“她有一颗顽固的心”，住进坟墓也瞪大眼睛，
死透了还发出沉闷的叫声。她从没有痛快地喊过。
谁来告诉我们，这是为什么？

假如这个女人会在明天醒来，又有了一头黑发
她仔细拍打完床上的灰，像有着粗腰的农妇那样喊道
“起来吧，混蛋”。

她一定会的。

2014.2.18

热气球女士之死

我的脾气太坏了——
为了表现得像个理智的淑女，
我一口一口把这些气体咽了回去。

终于，我的肚子变得巨大无比
拍上去像在敲打一件
快要成型的玻璃器皿。

这天早晨，我站在院子外拦出租车
没有车能装下我
和我难以遮盖的肚子。

每个人都在窃窃私语——
我又要生气了
这回咽下去的是一滴泪水。
当它流过这条漫长而沉默的喉管
我像热气球那样飞了起来，飞过眼前的榕树，
广场与无数偷窥的窗口
抓起目瞪口呆的孩子们和小猫
放在我的肚皮上。

他们高兴地拍手乱叫
“再高点儿吧，飞到太阳上去——”

2013.3.11

女孩失踪在雪化时

我骑了头骡子
去找菩依。

说起菩依的来历
我有些吞吐。那天，
从山下回来的路上
菩依在一个转弯的垭口等我。

她肥胖的小身体，像只刚出门的母鸡
捂在雪地里。

而我浑身是雪
裹在头上的大围巾湿了一半。
糟糕透了，这几天
我再也不想走下去了。

菩依来到我身边
向着漂浮在远处的无穷黑暗
哭起来。

她比冻苹果还要凉——
我忍住流泪的想法，拉住她
继续向山上走去。

那夜我只遇见菩依一个人。
等她终于说话，把名字告诉我时
已是许多天后。

为此我们煮了一锅汤庆祝
还向藏民租好两头骡子去冰川。
可到出发的时刻，
她不知去了哪里。

我再没有见到菩依。
我和我的骡子都累了。

2013.10.30

天文爱好者

睡到午后的人，夜观天象
行星脱离椭圆的轨道，无序的探索。

新手遇此事，学习新仪器的使用
寻星镜在黑夜里发出
令人战栗的声音。不要胡乱揣测
这次异象如何善终。

沉寂的屋顶，乌黑的天文镜
看见最远处的暗淡。
两个仰望的人，彗星隐现中

他们头上极力支撑的白光，
仿佛要瞬时熄灭。

2011.10.16

好时光里的兔子

天黑了我们才从佛山出来，与那次暴雨后的
傍晚不同，我看不清天空的确切颜色
远处有烟花升到半空又很快落下
黑暗与光华交替过快。

我们没有喝酒这一天
我们喝了许多水，没有节制地喝，
“我们喝呀喝，喝呀喝
好时光就回来了”。

那天暴雨后的傍晚，我们
也从佛山出来，像今天这样走过曲折的国道，灰尘多得
无法呼吸，当时我灌了瓶红酒
迎风唱着再见啊朋友。

故事发生在高速公路上，我们超过第一辆
长途客车后，
车前盖不停地向上轻弹
我不再唱歌，我的朋友们也竖起耳朵。

我们听见规律的砰砰声像我们的心在一二一地跳着
我们好久没听到心跳是这样有力匀速
我们在彼此的跳动中睁大一二三四五双眼睛

看着一只灰兔子掀开前盖从缝里溜出来。

它爬到雨刮上看我们。
“我们喝呀喝，喝呀喝
好时光就回来了”，兔子在说。

兔子回去了，
回到车盖下。
它始终挨着发动机再不出来，它没有
变成烤兔子。我们中的有些人这么希望过。

兔子成了全车人的秘密，
我们很少谈论这件事，但集体同意
保留这辆车。我们在今天
黑透了之后从佛山出来
经过正在修整的国道上了高速公路。

车前盖在风里不停掀起来
砸下去，
“这车快散架了”，
没人吭声但都这么想，我还知道
他们有的人在庆幸这一天总算来了。

兔子，那只在发动机边睡了七八年的兔子
没有跳上来，
我们在服务区停下车修理前盖时
也没有找到它。

肯定跑掉了，这只会说话的兔子。

2014.2.1

追逐

我们站在那位老师的窗外
听学生练琴。她反复
弹着一首艰难的赋格。

学生住在另一栋楼。前天，
我们在广场，看见她放学回来
一个人坐在树下，
头发上有许多金色的桂花。
他跑过去，故意滑倒在她腿边。
我让妈妈
给你买了芭比。

芭比在我包里。
还有一条滑稽的短裙
也是他挑选的。

我拿出礼物，向他们走去。
他们愉快地看着我，
可我走了很久
也没有走到那颗桂花树下。

他们不耐烦地站起来，
手拉着手
去见钢琴老师了。

我在窗外等了很久，他们在弹琴
没有谁注意到下雨。

第二天早晨，我们踩着积水去上学
他问到昨天
谁和我一起玩了？

2013.11.5

塑料人计划

塑料人埋在地里
摆出奇怪的姿势。

他已经是第十天来到这里了。
每次来，
会带上新买的塑料人。
让它们立着、合十
抬起胳膊，抚摸下体，
或者只是仰望。

为了显得更有生气，
这次他还带来了几捆树苗。
工作异常辛苦，
半个月后，
他才种下所有的树。

于是他高兴地躺下了，
在塑料人里
割去最后的气息。

2007.11.27

嫌疑

红脸的骡子拉着握弓大叔
花母鸡在石子路上张望。
树上的每片叶子
都有偷窥者的脸。
妈妈，请你抱紧我
钻进雪地里。
那儿很干净。
这个小镇，
有许多暗红色的房子
像是我反复洗过的地板
留下让人疑惑的痕迹。

2011.9.28

怪兽的早晨

不堪的开始。
然而，全天的旅程似乎会很美妙。

来瞧瞧呀，垃圾桶堆满
吃剩下的梦。怪兽与爱人，我与丢弃的细节。
我们克制的双手
让闹铃声变得不安。
让镜子前
排队离开的访客大笑。

所有这些，
我看到了，想到了
站在钢琴边认真地记下
还能如何?
像从隔壁翻入的小偷，
谨慎审视屋内的战况
——所有这些!

早晨还是美好的
怪兽说道。

这是它为所欲为后的
告别。

2013.2.25

虚伪的诚意

我想过开始的场景，戴牙套的小女孩
来见牙医。你的工作间毫不出众，隐没在
他们闪烁的镜片后，他们是经验丰富的
诚实候选人，是不能被忽略的 Y 博士。

女孩在妈妈的带领下走向每一个人，
你沉默看着这一切，作为新来的你没有
争取的权利，你坐在工作台后面摆弄
钳子与橡皮筋
小时候你就擅长用这两样工具处置一只青蛙
与随便什么鱼，及它们。

它们，它们——
你发现洗手台的镜子里露出你
美妙的笑容，小女孩正在你身后张嘴笑着
她的牙齿上包裹铁片，她说起上一位牙医
来自深海。“我吃了他，为了感谢”。

你成了女孩的新牙医，
你们许诺分享秘密。女孩的妈妈也笑了，
她的白裙子慢慢从门边消失。
你示意女孩躺下，“她是我的了”。

你们一起躺下，她在椅子上，你在地上

大灯照耀着你们
出神的眼睛与从不晃动的心。

诚实的你们互相爱慕，我从不怀疑这点
她给你的信，
每一封都在叙述见面的时刻，她期待你用锉子
磨平她的每颗牙齿。你只在记录，你

用掉一个又一个笔记本，详细记下她的饮食
她的排便、梦话与服药情况，她的妈妈
准时向你汇报她的令人难堪的举动。

“我妈妈在很远的地方，那个女人是骗子”，
她对你说，“只有你对我诚实”。
你在当天的记录后加了一句话，
病人已能辨识身份，并学会掩饰。你看见
她微微地笑了。

你没有再看到她，我来收拾她的遗物时
问起你的去向，所有人都在摇头。
我也只是出于礼貌打听一下，
你无需内疚。

2014.1.30

你死在十一月

你死了。
我说不上难过，总有一些人死得突然。
比如我们的一个远房兄弟，他二十岁就吊死在父亲
死去的堂屋里。
他的父亲，也是这样死在梁上。
你是否和他们相同，厌恶了活着
像被捉的马鲛鱼不能回到海里
日日被腌制后端上餐桌。
上回见面，
我吃惊地不敢看你。
多么温顺的人
坐在小凳子上，比你父亲要老得多。
如今你死了，
死在父母的前面。
他们说，“这孩子活着也是受罪。”
据说你很小就吃够了苦，
浑身是脓疮，小小的身子整夜竖在黑暗里。
也有邻人信口开河，
说你是怪物。
我的母亲看到你头上有光华
向天上冉冉升起。
她是姑姑，我是表妹
我们从没有人了解过你，除了你那可恨的妻。
她控制你就像中世纪的神父

给人们下着慢性毒药。
现在你死了，
灵魂是否已去到天堂安息。
她还能去给谁羞辱，
我们共有的亲人又能接着可怜谁。
再没有比你干净的眼睛
可恨它从没有走出迷雾，
比掉进沼泽的山羊更加无助。

2011.11.27

无人加油站

除了我和不期而遇的你
再没有别人了。

工人脱下来的衣服
丢在长椅旁。
雨季的飞蚁，扇动着微黄的翅膀
朝便利店的纱窗扑去。

店员们不见了
货架倒在地上。
刚发生过的灾难
就在眼前。

你没有进去，靠在车上
等待自己透明的身体
飘向最不可知的地方——

我也没有走出来。
甚至你的影子不见时
也没有。

2013.2.26

外省人

短发女人躺在泥土上，颧骨突出。
刚下过雨，
松树果撒了一地。
村里人很少来这儿散步。
她一直躺着，
我来过又走了。
小红帽给了她。这个好看的人。
脸是白的，牙齿也是白的，
和我们长得不一样。
外省人，我想。
村里的主妇从来不穿她这样的裙子，
祖母活了一辈子也没有穿过。

天越来越冷，
老家伙不再让我出门，
我在午睡时溜出去看她。
每天都去。我喜欢一个人散步。
她的脸越来越好看了，
像变化中的星空。许多的叶子、虫子、土块
趴在脸蛋、脖子和手背上。
她裸露的乳房，也有金子般的颜色
闪闪发光，又黯如远星。

她真有意思，比我的娃娃好玩多了。

娃娃又丑又穷，只有一件格子裙
窗帘裁的，妈妈的礼物。
妈妈在哪呢，我从来没问过。
祖母说她死了。
我一点儿也不相信。
我可不想做背叛妈妈的孩子。
外省女人出现后，
我时常想，妈妈也是这样漂亮。

妈妈，会有外省人黑色的头发，
与洁白的手，像今天落下的雪。
我在清晨，跑去看那躺着的女人。
她会变成透明的吗，
像寒风的影子，像妈妈在黑暗中带着光芒。
可怜她没有。
她浑身上下黑得像炭。

我难过极了，
我拿走送给她的帽子飞奔回家。
“她变难看了！”我累了，
来到祖母怀里，
她抚摸着我的头发，“天越来越冷了”。

2005.9.20

湖边往事

去年的时候
我和丈夫在湖边住过些日子。

院里落满叶子
野狗的脚印凌乱如夜里的叫声。
邻居白天从不出门，
我们也只在傍晚有空逛逛。
花坛，小木桥
或者柏树下，
再也没有遇见过别人。

直到我们步入陌生地区，
那些空无一人的乡村别墅
发出有节奏的踏步声
欢迎我们的出现。

我揽住丈夫的肩
而他如往常那样搂着我，
我们
走进一幢黑洞洞的房子
从灰尘中打开后门。

那片湖水，
它就在那儿。

仿佛没有存在过地停在那儿。

2011.12.19

他去了哪儿

我们没有急着回去吃早饭，
在水池边玩。

工人正在打捞
水面上的浮叶与垃圾袋。
这个水池里，有几条红鲤和小乌龟，
我们放生的那只
给人捞去吃了。

他跑到山坡上，扯下一根枯黄的长树枝
又快速地从斜坡冲下来，
到水池边摔了跟头。

我们已经连续好几天
六点起床，
刷完牙，立刻到后山上去。

在林间，等待等橡子坠落时，
我常能闻到他嘴巴里
有股复杂的气味。
像是那天他哭着回来说，
小黑人不见了。
他一边哭，
一边把晚饭吐了出来。

那个黑小孩
从来不在白天出门，有一次
傍晚我们回来，
他在阳台的暗处说，
你好。
我们也说，你好。

后来他不见了，警察来过几次。
我们只听说那天，
还没有黑透
他就独自出了门。

工人抬来抽水泵，
这是
清洁水池的最后一道工序了。
他入神地看着水越来越少，
突然晕了过去。

2013.11.3

同行

我打开一个人的传记，找到他
记者的文字掩埋了他的轮廓、爱
他的失信与夜晚。
我在冬季找到他，在沉闷的书里
对他说，跟我走。
他已经有了重负，
少时轻快的语言不见了。
我推开那些繁复的修辞，
他嘴中一个缠绕一个的漩涡，跳进去。
我在这虚幻的时刻里，
吃着他遗忘的、简单的、年轻时的话语。
对他说，跟我走。
他从虚构的第三章站出来，
他不为人知的爱人
躺在遥远的热带的河里，鳄鱼的嘴里。
他是否为她写过一个字？还是隐晦描述过丛林与雨
季？
涌动的时刻，
止于他们最擅长运用的词汇。
如果这是爱。
请告诉我，为什么他们能够忍受漫长的分别？
在她死之前。
在他死之前。
在季节更替之时，

他们可能有过短暂的重逢。
她对他说出暗藏喉间的话，
跟我走。
我重复这三个字，
苦涩的声调相悖于扉页上他甜蜜的嘴唇。
正如传记所遗漏的，
他没有留意到她暗淡的发音，他正像失控的水汽
上升、变化，
变成云朵、雨、暴风雪。
世人所知的一生。
我合上书，
将他从这无尽循环的夜空里扯下来。
星星。
那里全是她的眼睛。

他在她的自传里出现过一次，作为一位同行
被两三句话提到。
“我对他说，跟我走。”
她解释此句的由来，“我们，
生活在一个奇特的、需要互相鼓励的时代。”

然而这两个
没有一张合影、从未被比较过的
同行，都曾无比仔细地描述过
一个冬日。喜悦的，童话般的，失落的。
以及那被刻意忽略的同行者。

2015.1.17

水下的生活

她对书上某句话着了迷，普通的
日常的句子
和每日煮的白米饭差不多，可她还是一直看。
这本书，她从后山的林子捡来
在泉水下的石头上，
那时她刚从坡底扯着树枝爬上来
被突然出现的光亮吓了一跳。

那水真甜啊，她趴在水上大口喝着
像头牛，或是别的小畜生。
什么都不是。
她继续喝水，埋在水里的眼睛
发现了那本书。他的书。

她以为再也找不到的书。
书上有一句他写给她的话
她想起他的声音他拉住了她的手
他的喊声有了形状
从山下一阵阵传来，越来越高，像升起的火团
撞进她畏缩的胸口。

她没有再去想那刻，她带上了那本书
走遍了这座山的所有坡底，
什么理由也没有。

2014.01.22

妈妈睡了很久

妈妈不爱活动，盖着被子做熊，
白色的，硕大的。

我的妈妈，
睡了许多年，从我会骑三轮车那天起
她就睡倒在床上，像是新来的
大玩具，
我捏她打她对她喊叫。

她没有死，
只是睡着了。白色的妈妈
——在我们床上。爸爸和我的，床。
我们白天黑夜都守着妈妈。

“她醒过来一定会跑了”，爸爸出门前
用绳子，
捆小猪的粗麻绳
——别阻止自己想象那些血，要诚实。
我正告诉你的便是一桩
这样不能回避的事。
我们，
拴住妈妈的手脚，在床架上。
爸爸往我兜里
塞了一个手机，一把刀。“记住用它们，小伙子。”

我抱住他的腿说再见，
他再也回不来了，每次我都这么想。

“我会回来的”，他朝我得意的笑。
爸爸什么都能办到。
所有事——
他无所不能。
起先我不愿看他的眼睛，他把我
浸到水缸里过了半天。
晚上让我吃一锅面，再吃一锅面
蹲在吐出来的面条渣里接着吃——
即使在说梦话时，我也吃着细长的不平行的
竖条森林。看，我热爱你长长的头发，像妈妈。
像我在墙壁上画下的每一根线条。
像妈妈细长的嗓音编织成一个幻觉，
“他是爸爸。”原来如此。

爸爸每月去一次镇上，这天我的任务很重
喂鸡喂猪和喂自己，
最重要的是看好妈妈，她快醒来了
我知道。
我还记得她头发是橘子味道，她的嘴张开时有草莓味，
我是巧克力味，妈妈告诉过我。
而你是另一种味道。

妈妈后来变了。变成一头睡着的熊。
白色的，臭的，而我没有了味道。

我会偷偷地闻她，在爸爸去镇上时。
你该荣幸我给你换上的正是她的裙子——
她曾经像你这样惊慌，
挡住了爸爸挥过来的木棍，我被迫停止在面条里尖叫
昏倒在她缓慢流出的长如晚霞的
血地里。

那天，爸爸收拾好车就走了。
我站在门口向他保证看好妈妈，像我们
来到这儿的每一天。
他没有锁门，也没有再回来。他死了。
我陪妈妈度过了无数个
安静的肥胖的夜晚。她还在沉睡。
你想看她吗？
如果你不像其他女孩们那样尖叫。

我只想闻闻你。安静下来，女孩。

2014.2.4

拂晓去捕鱼

可怜的小黄鸭
死在纸盒里。

我们在湖上谈起这件事时
天刚开始亮。
水纹荡开处，小鱼沉睡
青蛙闭紧了嘴巴。

人们在岸上招手
我没有回应，
这些无所事事的人等在这儿
就是想捡一网便宜的草鱼。

“我们不是来钓鱼的。”
同伴喝了口滚烫的开水，
狠狠磨着牙
像是前天小黄鸭在笼子里焦虑跳着。

它早就病了吧。
死前，
该给它吃一顿麦麸拌青蛙肉。
我又提起这个话题。
同伴敷衍地笑起来，他手里不停摆弄着工具。

这会儿，湖面全亮开了。
我们的船已经划到最深处
小岛、柳树和人们，全在后面的浓雾里。

我站起来，向过路蜻蜓挥挥手
回家吧，
好运朋友。
同伴伸了个懒腰，点燃刚做好的酒瓶炸药包
飞速投进水里。
他快活地叫起来。

可我要抓几只青蛙才好。

2013.10.29

喜悦的光

他的脊骨在早晨向屋顶生长，
生长不能停止
延伸至梦境的角落，小镇的故事这样开始。
结束也发生在同一天。
最后的时间，苦修者的梦有了变化。

头颅垂到胸口，他听见那个人的呼唤
住在他心里的同修者，
他的伙伴，老师，爱人，背叛者。

他杀死了他。
浮华又快乐的人世啊，他独自享用了。
最好的结局，
他给了那个人。

他也想死，如今才明白
这个道理还来得及。
密室没有人能打开，他封闭了唯一的缝隙
沉坐在黑暗里。

那个人出现时，小镇便是这样
无边的黑啊，
月亮、星星、眼睛、火炉都熄灭了。
他盘腿坐在垫子上，看着那个人
从自己的肉里爬出来
滚落到地上，长出脸、四肢，他的模样。

那个人有时替他生活，
有时回到他的心口教导他。他接受了，屈服了。
他们共享彼此的意识，
虐待软弱的身体。

这毫不值得同情的血肉与骨头。
他们饿它，渴它
像捕捉一只飞翔的鸟儿囚禁它，打断它。
“何时进入极境”，他等得太久，
那个人也是。
他们逐渐厌恶彼此，争夺出窍的片刻神迹。

他驱逐了他。
那个人，原本便是该去荒野的吧。

他在无尽的土地上坐下，
苏醒的时刻快要来到了，属于他一个人。
天黑下来，
又再次亮了。他还是他。

无数次的日出日落，
漫长的一生啊，他一个人。
他终于走进了亲手盖的密室，
抹去所有光，
所有的风也舍弃。万物，明天，泉水
与他再无关系。他要回到梦境里，
结束这一天。

2014.4.10

失踪的人们

属于我的
是这神秘的时刻。
独自在车里，恭候前方的桉树
让出生路。
我认识它们，
和最坏的邻居一样贪婪
守在这儿，
等我冒冒失失地闯过去。
但是今天，我不会。

我在和远方的朋友谈话
我们谈到了亲爱的孩子
餐桌上堆积的碎纸片、正在丧失的理智——
那毫无预兆的未来
在她模糊不清的嗓子里
向我招手。
所以，我一个人待在这儿
看到星星——
看到死去的它们——
这片桉树林，正在活过来。
而不幸的人们
你们，从汽车里爬出来
带着干裂的嘴唇
消失在树林里。

——这片我爱的
凝滞的风景。

2013.2.25

写给我们的孤独

完全孤立的地方，
我在读某位死者的笔记。

他早早通过死亡这条甬道

奔向的是
花木繁盛的院落，
还是无声的墓穴。

今日傍晚前
我有过一次历险，
像鹰
从高空俯冲至水面。
我在阳光下完成漂亮的坠落，
闪烁的
没有被任何人发觉。

眼下
我带着震惊、湿透的衣裳
与刺破肉体的勇气
坐在无人涉足的林荫深处

看他——
如实写到我们的处境。

他像是从未死去，
像是与我们共同活在
这个巨大、漂浮的玻璃球里。

无论我们
做了什么可恨的事，
还是只能老实地活在那儿。

看不到片刻的真实
以及他是如何的死去。

2011.10.18

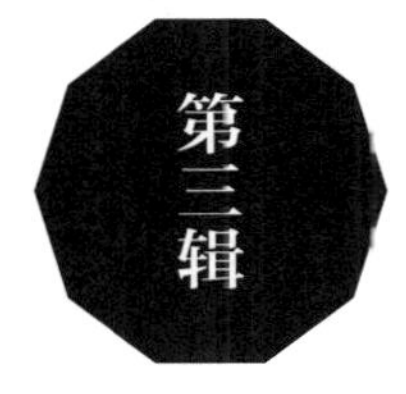

感谢她的恶作剧

女孩们与她

那些打算对你说的话
在这个女人的小腹里沤烂，
她隔着肚皮用手指与
这些话做过交流，试图和解
字与字之间的矛盾。
这一刻与下一刻的不同。
她安排好字的秩序，整队，出发

她张开嘴唇，深深叹出一口气
这声连绵不绝的气息
从她心里挖出
一个正在叹气的女孩。
一个正在吐出另一个女孩的人。

她们从她的心里走出来，不断
生出更多的女孩。她们在她面前站成一排。
一排叹气的长发女孩。

她们蹲下来，躺下来，
抚摸她的肚皮，用手敲击她组建好的字词队伍
打散已有的秩序。
她们无赖地对着她喘气，胡言乱语。

她们弄砸了这一切。

她们让她变成了口吃的傻瓜。
听，她艰难地想吐出几个
尚能保持完整的字。她说，“我——”

“我”需要什么？“我”会怎样？
“我”正急切地等待与你说话。
这个“我”，在她口中持续了相当长的发音，
以至于再没有第二个音出现。

她们无事可做了，又跳进她的嘴里。
我没有回去，
我留在她身边擦着她的眼泪。

2015.2.8

另一个梦露的奇遇记

跳上汽车那一刻，她意识到此刻
又是在梦中。但是迟了，
她不能从汽车上跳下来，汽车快得像幻觉
玻璃窗上的人
苍白如纸。她不能否认这个人正在背离自己。

她抚摸“她”，她知道
这个女人从来都不是谁，不是那个
梦境之外的人。
“她”的隐秘与私处，“她”拔掉的骨头
“她”痛，“她”会生孩子
这些都发生了。她从梦境里第一次醒来时
就曾预料过“她”的人生。

她想，她是这个女人的先知，是“她”的将来，
是有可能存在的任何人。她唯一不可能
是“她”。

她不知道会被带到哪里去，在公路上她不再
坚信自己不属于
这个女人，往日的梦正与今日的梦重叠
她想起她曾看到“她”安静地坐在
一辆老式吉普里，心不在焉地看着小臂
被碎掉的车窗玻璃划伤，

血滴在衣服上，“她”试图威胁司机停车。

她想到这里便用脑袋撞碎了车窗，她拿起
一块玻璃
没有弄伤小臂大臂，肢体的所有部分
都是洁白的。她庆幸
流血的地方在头上。不一样！
这很好。

她兴奋地倾身倒向驾驶座，和司机成为朋友
是个好主意。然而没有别人，没有陌生人
是“她”，梦露小姐，“她”是司机。

她们终于成为了一个人，她们再也
不试图从梦境里醒来。

2014.1.28

我发现一艘大船

那日我感到恐惧，
穿行于桉树林。
趔趄的身体与野蔓缠绕，
阵阵凉意从足间传来
傍晚的土地沾满青蛇的黏液。
厌倦，呕吐。
我躲藏在树丛中，
卧于小鼠、野鸡、麻雀和蠓虫身边。

秋阳迅速地消失，
掩盖了树林的翠绿。
所有事物皆穿上神甫黑袍，
在流星雨的光芒下
时而布道，时而言情。
湖边依稀有野猪吃力的哀鸣，
好像大雪意外到来
引发南国冰封湖面。

我是那么害怕，
贴在桅杆上倾听。
巨大的破冰声此起彼伏。
这艘，装载土地与树林的船只
不断生出裂痕。
倾斜，下坠。

隐居在各个角落的动物们惊慌乱窜。

然而甲板上，生出一条曲折小路，
前方走来它们。
多少年过去，
这些巨兽依然朴素自如
身型庞大而心存善意。
我跟随它们从甲板跃出，
进入另一个不可描述的地方。

2006.11.20

感谢她的恶作剧

青草与河水漫过时间。
待我乳房凸起之时
我们相遇在街角、酒馆、车站
每一个你走过的地方都可能遇见我
因为她愿意
见到我们交汇在一起。

我们理所当然地相爱，
默契让我们拍手，欢叫
“何其有幸，找到了你。”
我们不知她在未知的地方颔首微笑，
像是多年前她从那幽深的小径里接出我们，
将我们从彼此身上剥离，分隔两极。

“多么美好”，你闻着我的脖子喃喃道
“我和你，就像是一个人。”

2014.9.8

陌生小镇

它很远。
我坐大巴，从 S 城出发
经过许多美好的
或让人沮丧的地方
某日，我到达一个草木茂盛之地
被拦路的野兽差点儿撕碎
没有什么比活着更好了
回家的心越来越重
然而，惊慌掉进泥沼后
我看到：
近有白云朵朵，远有山川无穷
下陷。浮起。
我仿佛泛舟湖面
左右摇摆
幻象在山崖上出现
小镇有美景
花开，狗吠，人烟袅袅
哑巴说动听的话
我也在其中沾沾自喜
大风吹我上路
大风吹动不变的风景
离开地图指引的方向
我渴望从另一条路进入小镇
那里：
白云朵朵，山川无穷。

2007.3.29

讨厌的梦

我决定扔掉那只鸭子。
它又臭又脏，房子里
到处是绿色的粪便。

当初把储藏室留给它
是多么奇妙的举动，“哦，
我爱你”。

鸭子先生如今七岁，
是该被收拾的时候了。
我在后山上
找到一块林间空地。

想到这儿，我竭力
止住打颤的双手
搂过鸭子先生。
它用力蹭着我的脖子，慢慢
消失在皮肤的
褶皱里——

林子亮得太早，
我又做了这个讨厌的梦。
今天，我要搭个窝出来
睡在地上，

迟早会被蛇吃掉。

我是只好鸭子，
希望能活得更久点。

2013.11.1

他们坐在湖边

她一直啃甘蔗。
靠岸的地方，芦苇挡住了视线
她再不能看到远处。

好些年前，他们来过这儿一回
坐在松树下，可以看到
前方的湖面
延伸到对岸的城区。
他们下水了，
仿佛有着用不完的力气
快速划近湖中
一条不断跃出水面的大鱼。

她吃完甘蔗，只身穿过芦苇
向湖里走去。

上次巡逻员没收鱼后，他们
去市场买了条更大的鱼
养在澡盆里。
几天后
他们就把它吃了。

她走了很远，
也没见他跟过来。

水已经没到腰了，
她钻进水里脱掉皮鞋
游了起来。

2013.11.4

奇妙的手

我们在海边睡了一个晚上
也没有看到跳舞的人。被子湿透了，
小螃蟹在我脸上，灰色的爪子是
沙堆中拱动的你的腿。

海上有明月，
月夜似曾相识。
许多天前的梦里
这个唱着过时歌谣的人向我走来。
他说出我昨天干了什么，今天刚吃完一份
冷了的牛肉饭
我打算要去的地方，他都知道。

我想起我们早已相熟，
多次重逢在不同的时光里。

而今夜海边，
我们又是两个刚握手的陌生人
小心问着彼此的界限。
像是上次见面的最后，我们讨论过的那只手
它又在做出邀请的姿势
挑选下一次跳舞的人。

2014.1.21

平原的苦楝

为什么我们不断书写苦楝
栽种于旷野和路旁。
误食果实的人们昏睡
一切的误会消散在白日。

没有什么，比谈论爱情更让我厌烦
往身体里注射糖
只为寻找甜蜜的幻觉。
可是苦楝，
生于房前屋后
剥落的树皮将我们圈禁。

有时平原过于乏味
一览无余的寂静，
在苦楝林里
折磨着我们迷失的日子。

2011.10.3

我在沙子上荡秋千，
而秃鹳在打扫庭院

霾天在公园偶遇一只秃鹳的
可能性
远大于有雾的冬日我穿过
灰色轻烟握住你的手。
我要向你介绍它，来自撒哈拉南部的
尸体爱好者。

这周我已经多次提起
荒漠与心肠。这是多么有趣，
到达撒哈拉的路上
你必须要有沙漠土著柏柏尔人的指引，
或者秃鹳。前提是你可以忍受
它的爱好。

像我忍受你，
你又继续忍受我。

让我来带你看看吧，在它
仔细搜索庭院的时刻，
在它垂下丑陋脑袋时，
你可以离去。做另一个沙漠奇才，
另一个诚实的禽类饲养员

忽略我们在雾天相遇的原因。

事实上那股无法回避的
腐烂的气味
正从它振开的翅膀下向我们袭来。

2014.1.25

山上的大鸟

我见过它一次，
当时我怀了孩子。
半夜醒来，
它在窗口扑打翅膀。

我的肚子动了两下，它冲破纱窗飞过来了
在房间正中站定，抬起脑袋
细长的尖嘴向上扬起。

这是只大鸟，
很大，它傲慢地挪动身体
整个房间都落入翅膀的阴影下。

是它，住在山边的人都亲耳听见过它，
即将黎明时，
那悠长的哀鸣渗进了所有人的耳朵。
我们叫它凤凰。

它是黑色的，或者深灰。
夜晚与它
同处于寂静中。

凤凰是这个丑样子，我捂住肚子
挥手让它离去。我的眼睛，也闭上了。

它自然不肯听我的，反而走近
啄我的手指，
一口一口吃我的肉，可我痛也不敢喊。
“这是惩戒，
我必须表示软弱”。

它吃完我的左手
停下来看我，
它思索很久，伸出长嘴
划破了我的肚子。

2014.2.2

我和马

马儿的来路很重要，
不管是未知、寻找途中或已在的。

昨夜我骑马狂奔，
趟过河流无数，在松林外停下休息。
我的马，扬蹄嘶鸣
白色鬃毛在清凉雾气里。

它从来不会是别的颜色，
它只会是松林的反面，我的同行之友。
我也是白色。

马儿伸直脖子啜饮溪流，晨光让它
像金子一般闪烁。我在它背上，
等待，松林沉寂晦暗。

我不着急，脊骨挺直
一夜疾驰过后，马儿的来路我已不在意。
我们同样毫不软弱。

晨光照在我的骑手服上。
我们比闪电更快，
冲过松林，向遥远的地方去了。

2014.2.6

幻术

云雾缭绕的仙山。
他们踏上云彩，从最低处
升起，
风缓缓而来。
他们放弃了自身。

风灌进他们微开的嘴
不可抵挡的
审阅了多疑的心
并带来一阵清晰可辨的愉悦。

“不如归去，不如归去”
仙鹤背上的老翁喊到，
他在云头飞舞。

他们也想飞。
是谁先杀死了老翁？他们挤在仙鹤上
飞过最后的一小段路。

不断坠下去的肉身
比风还要极速。

两个人同时到达山顶。
他们俯身望着无尽的低处，
像是从没有到过下面。

2014.2.8

精灵故事

他们什么也做不到。
走进地铁站，盲女孩吹起唢呐
高低不平的呼唤他们听不见。
墨镜盖住颧骨，
他们看着异彩的人群笑出了声。

光滑的镜面上
他们追逐反射的光，
想象一所房屋
在此地迅猛生长，法梧盖住前屋后院
“走到外面去”，他们出不去。

他们留在厨房，
生活多年来从不会改变，
煮汤、煮面条，他们手中的事物与爱
是今晚的美餐。

吃下它们，吃下这一天。
他们拿起剪刀
将案板上的小精灵
剪碎、丢进锅里。他们做得到。

这不是童话，
他们正在这里
吃掉我们。像啃一个苹果。
他们做得到。

2014.3.28

转生

他出现在人群里，拨开那些
或圆或扁的脑袋
露出一张尖脸，逝去的
河水在这张脸上流淌，
从下巴处
滴出水，大小不一的水珠里
裹着许多人。他的熟人，朋友，敌人。

那都是上辈子的事了。他汪着一滩泪
正想着痛哭一场，眼眶不见了。
鼻子也在消失，
他成了无脸人。片刻功夫，什么都没有了。

而这里是风沙之中，他趴下
将脸藏进沙地。“我再不要看见他们的表情”。
他自暴自弃的晒干正在萎缩的背，
像一张剥掉的皮覆盖在地上。
任路人去踩，
去蹦跳。他不在乎。

他要的是下一刻。
穿过这片沙地，这个即将毁灭的出发地
更重要的是离开这群腐烂的脑袋。

他打定了主意，
仔细梳理自个儿的脑袋，残缺的
离开了众人。

2014.4.11

点心卡死了一头河马

巨大的嘴张开在水塘里。
如果这是水塘，我们投掷的番薯与胡萝卜
是河马的点心。
我们面前的这位年轻人
是勤劳的饲养员，我望着的景色是冬日。
我们来的这天是事先选择过的周末，我们的
争吵已含蓄结束。那是我需要的礼貌。

“我厌倦了无休无止的谈话”，
在深夜，在午后
掏出捂坏的舌头尽情展示，这不是
河马的嘴。
它小巧美丽，有排列整齐的牙齿
好闻的气味在我们嘴中传递，这张嘴
从来不流口水。你的，我的
我们只给对方的嘴涂上诱人的橙色。

我们的嘴巴，
不是河马的嘴。河马在下午吃点心，
我们不。
我们蹲在池塘边讨论流放归来的
伟大小说家，他的不幸让我感到不适。
河马也苦恼地低下头，
寻找我们砸歪的胡萝卜、番薯。它从不咀嚼，

它比我们还大意，直接吞下食物，
吞下我们
再也不能控制的争吵。

可是这里不是水塘，这里也没有河马
我们在毁了这一天前讨论的
也绝对不是
点心卡死了一头河马。

2014.1.26

失忆者

我脑中的桥坠入水里，
风景看过即忘，
反复练习的对白沉寂在预设的
愚蠢中。

名字与脸曾带来欢愉，
比我的失眠还要持久。
长夜中时间咬住了我的舌头，
凝听杜鹃与松树。

还是少女时，
我与父母同住在公园邻侧。
眺望那边的草坪是
虚妄的习惯。

有时我会看见一位流浪汉
顺着溪流走过去，
又走回来。他在垃圾桶边看书。
他在石头上睡觉。他在我无声的唇上。

我模仿他，揣摩他的表情
在卧室里
我兴奋得像公园里
逃出去的那头狮子。

它的毛掉光了，还坏了一条腿。

我会像它和他那样
一去不回。我背诵这个念头，早晨，正午，傍晚。
我睡不着，多伤心的事实。

还记得什么呢？
那些风琴声离我越来越近——
我也学习了爱。这是生活。

我的。假如它真的属于我。
这一天，我干了件傻事
穿上学生裙，像少女那样度过了整日。

2014.10.23

失心者

霜降过去一周事情也没什么变化。
她蹲在马路边抽了一天的烟像个没教养的傻孩子。
她有时坐下，有时站起来，
有时走到身后那片荒废了的园子里。
野草深深，
她拿不准主意该做点什么来愉悦自己。

事情发生后，
她便来到这里，一个新区里普通的路口
与众不同的是与其他处的喧嚣相比，她更适应
这片未开发地的破败，没错儿
这是片被遗弃的新地区。

她也是崭新的。
头发，眼睛，她的口气，体味，上衣，
她将自己送进实验室改造。
“过去的将与之告别”，
（她为此念伤心了一小会儿），“我已不再是我”。

这没什么——
即使在路口蹲了一天的仅仅是棵初生的木棉，
不是她。她还是个好孩子，
过着事情未发生前的好日子。她有着陈旧的保守的爱。

2014.10.30

你好

一张忧伤的脸向我追来。
他靠得太近，眼睑触犯到我的
他的眼球长进了我
不断放大的瞳孔、心脏
还要怎么呼吸呢?
抓住这两具不断退后的
物体。
它们有温度，有良知
它们在交流每一刻的醒悟。

这是我睡着时发生的事。
今天下午，我洗了澡洗干净牙齿
洗了昨天的记忆
与明天的可能性，这一天我只愿意
想着此刻。
像个尝试运用扫帚的女巫，
抬起腿
又放下，我飞不起来，
动不了啦。

很困，亲爱的。
我睡在床上，停止身体所有晃动
安静的娃娃，
你们见过的，就是那个样子

脱下帽子，放平脑袋与肩膀，两手老实点
垂下来，
像胸脯那样松软躺下来。
我要独自呆会儿，
别提醒我傍晚必须爬起来。

什么也和我没关系。
谁也别来。
不要让我嚷嚷，我看不见倒退的事实。
这房子让它旋转吧，
像一道白光散开吧。
带上我，
随便去哪里。

哦，我说的是先前的想法，
这张脸来之前。
它来了，
它像个恶狠狠的混蛋堵到我面前。
而我尚未认出它便
举起了白旗。

“你好。”

2014.11.10

赠诗
——写给冯

我啃着苹果
从楼梯上跳下来的时候
夕阳从玻璃窗照进来
将这一小片隐蔽的黑暗驱赶了。
我正在去你那儿的路上。

现在我坐了好久的地铁，
转了几趟
有点想吐了。中午我吃得太多，
有时必须要放纵一下，
不是心，是别的无关紧要的东西
是肋骨与脂肪后面的
小东西们。
咱们讨论过这个。

你为花盆里的花浇了水，
你站在我的漆黑的阳台上。
我们站在
无限的沉寂中，喝了一瓶冰酒
无暇理会夜晚的黑。我们
始终处在黑暗之中。
那微弱的月光为什么
来不到我们身边。

现在地铁穿过一片又一片光，
它们让我热想脱衣服想躺下来，
我真的很想吐，
你太远了，我像是要去另一个城市。

我的苹果，
我刚刚大口嚼下去的苹果块，
它们有些不耐烦，它们想离开我
颤动不已的胸腔
和我谈谈
这个即将到来的夜晚。

我在这短暂的光里，
在地铁上去看你。姑娘。

2014.11.17

猫的故事

两小时前，我站在玻璃门后面
聚精会神看着马路两边繁盛的松柏，
松柏下玩耍的野狗。
它们瘦得比我更像只猫。

我也很瘦，
快要死了吧，昨晚在公路上我这么想过一回。
当时我搭乘的顺风车进入了隧道，
难以描述的寂静突然消失
我在沸腾的轰鸣声中止不住地叫唤——
给我水喝，让我躺下！

我想和这车里的孩子一样安静睡去
他吃光了一盒巧克力蛋卷，
渣都不剩！
我在他背后舔了几回，差点儿让他的小妈妈发现
只好趴回车尾箱里忍受饥饿。
长夜将乌黑的公路不断伸长，放大
还有那些不切实际的——
愿望？爱和以后的生活？
一条新鲜的鱼？

一只疯了的猫多么可怜。
我很清楚这点，

迫人的烦躁正如车轮下
滚动的无数个杂乱的几何图形。
它们无处不在。
我吃下过几个圆，走在菱形的梯子上
深爱的猫是讨厌的多边形，
它们让我
陀螺般旋转，从天空极速冲进
丛林，海洋。
我喜欢这两个词带来的含义，
充满了可能性的地带。

昨天我坐在飞行式过山车上，
从高处急坠下来，广播里反复播讲
“我们将 360 度翻转身体，
进入丛林与海洋。”
我什么也没有看见，
没有树，也没有海水。
我只看到一个鬼。

它在天上对我使劲招手，
怂恿我去找它，
我听话去了，老实的
在云彩上发抖，
它会带我去哪儿？它哪儿也不让我去，
狠踢我的心窝，
将我又踹回到地上来。

我上了这家人的车，来到今日下午
孩子在房间里练琴，
我去厨房转了几圈，从笨蛋的小妈妈面前经过
她没有发现。可我不想偷吃的，
想说说话，还想飘起来。
就这样，撞在玻璃门上，穿过去。远去。

多么好的光，与今天。

2014.12.10

芳芳小姐

想想你的手，
我就疼得不行。
我也被拔过指甲，
你的是手，我在脚上。
虚荣害了我，
你不一样，你理所当然为了治疗疾病。
一些小毛病，
我们在二十岁时放纵过的纪念——

你的疼不少于我。我的，
也不低于你。
——它们不一样，
形态、气味各有特色。
你说我喵喵叫起来像坏孩子，
我不叫、不动也是个坏模样。我这么难看，
你干嘛要做我的知己。
摔盆子，吵架
我在你的沙发上抽了五种烟，
分享噪音、灰尘与春天——

你像好孩子那样疼着，
芳芳小姐。
请让我尝尝你的新爱好。
你的月季，你的仙人掌。

厨房里的面包机正在工作，
塑料砧板上规划着精确的刻度，
我在哪一格
与你共享这一天。

芳芳小姐，午安。
芳芳小姐，我们在时光里约会。
我要将今天献给你，
还有我的红指甲。我的爱。

2015.2.10

暴风雪

我开始担心晚年生活。
朋友，邻居们
——哪儿来的这么多认识我的人，
我丢失多少面孔中的笑意——
生活是永恒的手艺活儿，
教导我忍耐是完美必备的工具。
可我讨厌这些规矩，闭嘴吧
亲爱的爸爸，
老头儿，
我没有死，别把我关起来。
摸摸我的手
全是冰冷的骨头。
它们有硬度，有方向
它们在皮肤里肆意生长
长出刺来，
到我的心口，喉咙，我埋在心里的你看不见的时刻。

爸爸，你背我在暴风雪里走过
许多个冬天，
我藏在你的声音里，
那儿很暖，
仿佛握在手里的火炉。我现在早丢了它。
你看我也学会了失去表情的生活。
前些天傍晚，我从无人高架上疾驰而过

像是小时候追在你身后，
老头儿你扔了一颗糖在我嘴里又抢走了。
这甜，
在我舌头上住了好些年，
没有人愿意吻我。
他们害怕掉进陷阱。

吻我吧，爸爸
要么让我走得远远的，
到哪儿去不重要，
不妨告诉你我有许多个念头
去海里，去人间之外
只求别让我一个人
生活在这颗融化的糖里。
它稀释我，
解释了我体内的苦涩源头
正来自若干个被遗忘的地方。
我忘记自个儿是你女儿，
带着你的眼睛来，
从盛夏踏入这辆汽车
在高架上疾驰进入寒冬。
你喂我吃过雪，爸爸，我爱你手里凝固的雪
冷漠而没有滋味
瞧瞧舌头吧，比你种下的林子更寂寞。

我咽下去整个冬季
什么也留不下。雾气，风的呼吸

穿过我手指毫不眷念。
别埋怨我，
我正在努力打着火儿，
从空无一人的高架上下来
掉进这茫茫的雪地像个雪人
住在永恒里丧失了勇气。
爸爸，请把你女儿从无尽的白色里
捞出去，趁我还年轻，
头发乌黑，牙齿坚固
心像我们遇见过的每一场暴风雪
热烈，无惧。
像一个完整的活人来不及失去爱
与时光。

2015.2.21

跋诗：天赋

使用它是迫不得已。

关于这颜色，我从不超出本分地想象它。
它是属于院子、泥土的
属于孩子的风车，后山上的小径。

每天下午三点后
我步行半小时买回酸核桃面包。
它粗糙得要命，
但不可缺少。
我从这块褐色的硬块上
找到了核桃以外的
——属于我的颜色。

我身上穿着它，从里到外
从脖子到脚趾头
“这个有毛病的女人，她在叶子堆里打滚”。

可是说到爱，我必然手忙脚乱的
将这些零碎的物件扯下来——

我不爱它！
我爱天空、深夜的雨
迷路的灰兔以及快要毁了我的火焰

它们时刻守在这里
看住我，我的打扮，我蠢蠢欲动的天赋
——这属于我的颜色。

2013.3.4

图书在版编目（CIP）数据

我们来谈谈合适的火苗 / 杜绿绿著 .
—— 北京：中国青年出版社，2015.5（中国好诗）
ISBN 978-7-5153-3392-2
Ⅰ . ①我… Ⅱ . ①杜… Ⅲ . ①诗集－中国－当代
Ⅳ . ① I227
中国版本图书馆 CIP 数据核字 (2015) 第 126205 号

责任编辑：彭明榜
书籍设计：孙初 + 林业

中国青年出版社 出版 发行
社址：北京东四 12 条 21 号
邮政编码：100708
网址：www.cyp.com.cn
编辑部电话：(010) 57350506
门市部电话：(010) 57350370
北京科信印刷有限公司印刷　　新华书店经销

889mm × 1194mm　1/32　5.25 印张　100 千字
2015 年 8 月北京第 1 版　2015 年 8 月北京第 1 次印刷
定价：35.00 元

本书如有印装质量问题，请凭购书发票与质检部联系调换
联系电话：(010) 57350377